가온도서관/월요시/동인지/시샘3호/2021.05

# 시샘

시와만남

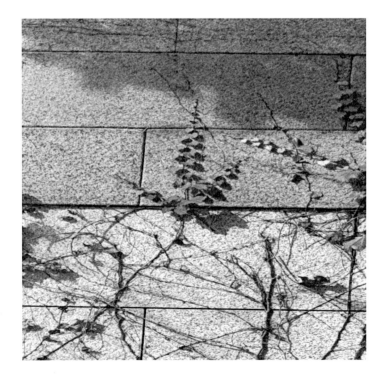

# 목 차

## 발간사

마른 장미를 유리병에 담았더니, 향기도 담겼다.
우리들의 시를 여기 <시샘>에 담으면, 우리들의 향기도 담길까.

일주일마다(2021년 현재는 화요일마다) 우리들은 축제처럼
시제를 하나씩 받아들고 세상을 기웃거린다.
저 나뭇가지에 나의 시어가 피어 있을까,
숨죽인 봄의 발자국 틈에 나의 시어가 숨어 있을까.
일주일 동안 나만의 맞춤한 시어를 건져 올리기 위해 즐겁게 고민한다. 살아간다.
그렇게 모아진 우리들의 시를 <시샘> 3호에 엮었다. 1년 주기로 발행되는 우리들의 시 동인지이다.

같은 시제를 받았지만, 같은 제목이지만, 우리마다 시가 다르다.
아마 우리들 각자의 향기일 것이다. 삶일 것이다.

시 교실 문우들의 건강과 행복을, 그리고 무한한 '시샘'과 '시샘'의 발원을 기원하며,

2021년 3월, 이진 씁니다

시샘 동인 **이 진**

1995년 계간《시인과 사회》가을호, 시부 신인상 수상
1998년 동아일보사 발행 월간 《신동아》 34회 논픽션 공모 당선
2000년 SBS서울방송 제2회 TV문학상 수상
2020년 (사단법인)한국소설가협회 발행《한국소설》 제64회 신인상 수상

2006년 소설집《잘했어! 흰털》발행. 당그래 출판사
2013년 시집《프라하 일기-우블라젠키 사람들》발행. 샛강출판사
2016년 시집《지우개도 그림을 그린다》발행. 샛강출판사
2018년 시집《서랍속의 생》발행. 샛강출판사
2019년~ 월요시 동인지《시샘》동인
2020년 시집《팔짱끼고 걸으면 좋겠다》발행. 스타북스
2020년 앤솔러지 《2021신예작가》발행. (사)한국소설가협회

멈추지 않은
것만도 잘 한 일이다.
시 쓰는 일이 사는 일만큼
책임 무겁다는 걸 알지만
그래도 멈추지 않고 쓴다.
그 만으로도 성공한 날들이다.
나에게 한 편의 시는, 한 편의 소설이다.
시 한 편에,  하루가, 매 순간이, 압축됐다.
진솔하게 살 것만은
확실하다.
시를 계속 쓰리라는 것도.
그것이면 행복하다.

**책을 읽다**


어디쯤 온 걸까
걸어온 길도 숨었고
가야할 길도 안개 속이다


어디쯤일지 길모퉁이가 아릿할 때
행간마다 숨은 그림을 밑줄 친다


주제도 모르겠고
뜻도 모르겠고
더는 걸어가야 할 의지 상실했을 때


'살아가는 모습이 더 아름답다'
라는 도로명 주소 나타난다


아무래도 더 살아봐야겠다
아무래도 더 아름다운 모퉁이를
밑줄쳐야겠다


뜻이 있을 것이다

## 바람의 말

그냥 오지는 않을 겁니다
혼자 오지도 않을 겁니다
이 골목에선 늘 화가 났지요
떠밀린 탓이었지요
억압된 탓이었지요
좁아지니 별 수 없이 다투었던 탓이지요

벗어나면 한가롭더라고요
설렁설렁 노닐어도 되더라고요
이 골목만 벗어나면 되는데 좀체
발길이 더뎌지기만 하더군요
사랑 때문도 아니고
낮과 밤 때문도 아니고
하늘의 높고 낮음 때문도 아니고

마음이 그러했답니다
마음이 출렁이지 않는 바람은
바람이 아니어요
그리 우아한 표정도 이 골목에선
찢어지죠 방법이 없지요

걱정은 말아요 슬퍼도 말아요

찢어질 때 찢어지면

목숨은 유지할 수 있을 거예요

이 골목에선 노여워하고

저 마당에선 따뜻할 겁니다

바람이라서 그래요

**봄을 준비하는 사람들**


봄이 오려는데
나는 잘린다
솔방울도 달고 푸르른 가시도  달고
자동차 방귀와 트림과 취객의 토사물을
다 안아주었는데
체감온도 영하 이십 도의 깡 추위도
외투 삼아 껴안았는데
이제 나는 잘린다

봄이 당도한 남쪽에서도
그는 잘리겠지
하나의 잘난 열매를 위해
봄을 기다리던 무화과 가지들도
잘리겠지 관리되겠지

가로수의 팔자와 무화과의 팔자와
너나없이 무게 진 날짜들의 팔자와
주소가 없는 그이의 팔자도
거기쯤은 당도해 있겠지, 평등하게

가을을 준비하기 위해 봄은

가위 사이에서

가꾸어지겠지 다듬어지겠지

## 눈길

눈밭을 실컷 걸었지요
어쩌면 올해의 마지막일
어쩌면 올해의 처음일
눈밭을 보내주어야
봄내음이 교대할 텐데

아까워서 아쉬워서
실컷 걸었지요
눈 부셔지는 소리
눈 사라지는 소리
어디서 눈 향기가 내려요

옆에서는 아저씨가
눈을 긁고 있죠
주민들 낙상사고 방지 위해
길눈은 긁혀져야만 무사했고

긁힌 길 따라 안전하게
눈밭에 당도하였지요
눈도 아저씨도 걷는 사람도 모두
수고하신 어느 날이죠

**겨울 그림자**


거친 버스 그림자가
흐린 그녀 그림자를 통과해 지나갔다

그녀 그림자는 무사했다

묵묵부답인 그의 그림자가
목마른 그녀 그림자를 무시하고 지나갔다

그녀 그림자가 못 생기게 찢어졌다

버스 그림자 같은 겨울
교통사고 당한 그림자 같은 겨울

그녀도, 그도,

무적의
그림자 하나씩 쟁여두면 괜찮을까

체감온도 영하 15도의 겨울 앞에서
엑셀 밟는 횡단보도 그림자

## 하늘과 땅 사이에는

가만히 하늘을 만져본다
지금부터 하늘이야
여기까지 하늘이야
정한 기억 없으니

하늘 한 점 떠서
내 방에 가두고
웃음 고문한다,
꿈속에서조차 간지럽혔더니
아침 내내 키득거린다

조금 전 너는 어디가고
지금의 너는 어디서 온 거니
전화기 너머 눈 쓰는 소리
베란다 너머 눈 긁는 소리

현실과 낭만이 도망쳐
뭉개뭉개 후렴후렴 구름
겨울 하늘이 그림자에게 노옹담 건다

하늘에서 달이 사라지면 어찌 될까요?

… …

날이 샌답니다!

… …

하하하 핫

## 자유는 정직할까


행복한 무늬 아닌데
행복한 무늬 하라니 답답하다
보드라운 무늬 아닌데
보드라운 무늬 되라니 갑갑하다

흰 돌이라 한다
검은 돌이라 한다

정지한 돌일 뿐인데
보고 싶은 대로 색 입힌다

에라이

눈치 보는 일일랑 그만하자
안도 아니고 밖도 아닌 노릇
집어치우자

까치가 자기 영역 침범했다고
까가각 까각 대든다
그래봤자 비켜줄 것 같지 않은데, 돌은

남은 날들은

돌을 깨는 시간들이고프다

## 하루살이 꽃

이름도 모른 채 나에게 품겨온
너는
한 달을 물속에서 아픈
실뿌리들을 밀어 내고 밀어 내고

대답 없는 돌돌한 흙 속에서 다시
뿌리들을 내어주고 내어주었을까
흙과 실컷 밀어 나눈 뒤
더는 숨어서만 사랑하기 애탔을까

이제야 너의 탄생을 목도했다
이른 아침 다 초록의 가지 끝 뜬금없이 찍힌
연보랏빛 점 하나
점심때쯤 붓끝에 실린 힘처럼
새부리 꽃잎 양껏 밀어내더니

잠시 졸다가 읽다가 돌아선 즈음
이미 꽃대도 다 내주고
꽃잎마저 사방으로 날개를 내주었다!
딱 한 송이만 빚어내는 너의 초 집중
작은 방에 연보랏빛 날개들이

날다

　　　날다


어쩌면 햇살 기운 오후에는
시간보다 정확하게 꽃잎 날개 모두우고
다시 새부리꽃 된다, 애원해도 다시는
연보랏빛 날개 펼쳐주지 않는다


대나무순 같은 절개와 속도로
하루 햇살 안에 삶의 지평
아우르고 기도하듯 접힌
제브리나 꽃


너를 보려 또 다음날도
햇살은 일어날 테니
꽃이 죽는 내 방의 버르장머리 묵살 낼 테니
또 날아다오 나의 하늘에

## 새해 첫날

또
잘
일어났고

더
무엇을
바라랴

뺨의 온도만큼 데운 우유에
디카페인 커피 몇 알갱이 떨구고
치즈 얹은 블루베리 떡국
내맘대로 아침 식탁 물린 뒤

티브이 화면에
뽀얀 숨 내뿜는 송아지를 만난다
여린 눈망울 당차게 엄마 젖 먹는 송아지
너, 나랑 자매지간이구나!

뭐든 엮고 꿰어 인연 만드는 실력
이만하면 앞으로의 날들도
무사태평이겠지

올 한 해도 잘 부탁해, 음메야!

## 배웅

마음에는 냄새가 있다
사랑에 빠진 마음은 향기롭다 *

향기였던 거지요
발자국마다 찍힌 향기
숨마다 머문 향기
말마다 맺힌 향기

뜯어버리지 못한 마음 달력
한 장 넘기면 일월화수목금토 대신
지난 날로 저장되는 그대
못에서 뽑아내죠, 그대를 왕창
이제부터의 일월화수목금 토요일은
몽땅 나 혼자 차지 될까요

둘둘 말려 재활용 통에 솟아지는
그대, 가세요 얼른,
돌아보지 말고 뒷걸음하지도 말고

그럼에도
나는

그대는

거기에서

마른 향기 되어 조우할 테니까요


*책 '제나라는 어디로 사라졌을까' 9페이지

시샘 동인 **이 옥 주**

2018 월간시 추천 시인상 수상
중앙대학교 예술대학원 문예창작전문가과정 수료
시집 《별 헤는 달팽이》《쓸쓸한 약》

/ 시인의 말

겨우내
솜털을 품고 있던
목련은 피어나고 햇볕은 따뜻해졌습니다.
목련꽃처럼 하얗던 처음의 감정을
그대로 간직하고
싶습니다.
마음에 모아 두었던 문장들이 모여
여기 작은
글을 내 놓습니다.

## 이제는 봄이 오려나 보다

나뭇가지에 불그스레 매화 몽우리
꽃눈이 달렸다
찬바람에 지치지 않고 부풀어간다

밤새 눈이 그치지 않는다
눈송이가 꽃 입술에 닿아
물기를 모아 들인다
지난봄
발 디뎠던 그 자리에
찾아 온 꽃눈은 만남을 안고 있다

설레이는 처음을 나눈다
한 눈금씩 자라는 소리에 맞춰 듣는다
가까이 스며들고 있다

지붕 위 눈 녹아
불어오는 봄결에 퍼져 나간다
햇볕은 봄을 매만진다

## 정을 나누는, 우리는 시인

강화섬에서 바라보는 바다
저녁노을 붉게 머무는 서해
갯벌을 높이 나는 갈매기

겨울나무 위의 새둥지
추수 끝난 들판의 백로들
바람을 안고 서 있는 갈대
자두나무에 모여 앉은 참새 떼

강변의 고층 아파트에 반사된
석양이 흐르는 한강

보내온 사진 속 풍경은
뭉클해지는 무엇이 있다

감성을 깨우는 손짓과
같은 느낌이 전달되는 표정을 읽어낸다
저마다의 색깔로 덮어가는 날들 안에서
공통분모를 만들어간다

우리는
서쪽 하늘을 보라는 말이 정겹다

## 책을 읽으며

흑과 백 사이에 머무는 조각들이
초점에 맞춰 흐르는 문장 되어
새겨지는 의미 깊어진다

밤은 기울어지는데
눈에서 떼지 못하는 바깥세상의 일

알지 못했던 풍경 앞에 쏟아졌던
불빛도 지워지고 있다
책갈피에 어둠이 닫힌다
창밖의 어둠을 끌어 온다

이 여행의 끝은 어디쯤일까
모여드는 모습으로
살아가는 힘과
건널 수 있는 다리를 놓아 준다

그곳에 숲길이 보였다

## 그곳은

서울은 눈이 날리는데
파리의 날씨는 어떤지요

파리는 몇 시 일까요?
아는 사람이 살고 있나요
아니요

한번 가 본적이 있었나 보네요
샹들리제 거리의 카페에 앉아 커피를 마셨군요
에펠탑에 올라가 파리 시내를 보고 싶군요
파리 사람들은 에펠탑이 보이지 않는 곳을 선택해
에펠탑 안에 있는 카페로 간다네요

그곳도 퇴근길 지하철은 복잡하더군요
꼼짝 달짝 못하고 가다
내릴 곳을 놓칠 뻔 했어요

파리의 시계는 몇 시를 가리킬까요?
서울보다 7시간 느리다네요
서울이 밤으로 갈 때 그곳은 한낮이군요
그곳에도 사람의 일이란 같겠지요

사람을 향한 시각은 변하지 않을 텐데
받아들이는 온도는 다르네요

**참새, 지하철**


계단을 통해 들어왔습니다
파닥이며 입구를 찾지만
반대 방향으로 가고 있어요
밝은 쪽으로 몰아 봐도 막무가내입니다

지하철 탈일 있을까요
어미가 기다리는데 돌아가야 하겠죠
밖은 비가 내리고 있습니다

숲속으로 가고 싶어요
작은 호수가 있으면 좋겠습니다
온갖 새들이 쉬었다 가는 곳
전철을 타야겠어요
데려다 줄 객차는 몇 량이 될까요
내릴 곳을 알려 주세요

하늘이 보이면 내리세요
모퉁이 지나면 숲이 나옵니다

그곳에는 여름이 시작되고 있을지도 모릅니다

## 새해를 바라보며

하루를 새롭게 시작 한다
숫자들이 채워졌다

계획표대로 되는 일은 없고
뒤로 가는 시계도 없기에 맞아들인다
나이테 하나 늘어나는 것도 받아들인다

새 달력의 첫 장을 열며
어떤 날들이 이어질지 궁금해진다

이룬다는 것은 알고 싶어졌다
바라는 일은 줄이고
하지 않아야 할 일은 늘여야 한다

열두 달이 소리 없이 밀려온다
노트에 적어나갈 쉼표를 싣는다
온기를 심어본다

열두 개의 그래프에 그려질
높고 낮음 꺾이는 정도를 가늠해본다

## 기다림

따뜻한 봄날 향해
가버린 여린 안개
가벼이 손잡아도
비워진 흐린 하늘
그대로
네 곁에 서도
흩어지는
홀 마음

## 바다를 향해

반달이 떴습니다 속초 바다에
새벽 바다 위를 고깃배가 지나갔습니다

우리는 겨울파도를 보러갔지요
스치는 연인들의 모습은 따뜻했습니다
마주보며 가까워지고 있습니다

바닷물은 밀려갔다 밀려옵니다
넓게 펼쳐진 끝없는 바람소리 들어 봅니다
같은 곳 바라보려 그네에 앉으니
그림자 길게 떴습니다
어디에서 한번 본 듯한 그림이 그려졌지요

무게를 견디지 못하고 떨어지는
솔방울의 모습 바라봅니다
소나무 숲길은
바람막이 역할을 든든하게 합니다

손잡았던 순간은 지나가 버렸습니다
서로를 향한
바다에 던진 의미는 깊어지겠지요

**첫눈**

내 안에 첫눈이 날리면

찾아야 할 곳

지나쳐 가야 할 곳

눈앞에 스치는 이 많아지고

십이월이 깊어지면 보고픈 이도 많아진다

낮달이 흐릿한 흔적을 남긴다

옮겨가는 바람에는 갇히지 않았다

**화이트**


도로를 가운데 두고 남편은 세탁소
아내는 수선집을 한다

마주 보는 두 곳에 온기는 흘러간다

아내가 점심이거나 저녁 먹을 즘이 되면
수선집을 봐주는 남편

재봉틀 앞 아내는 쉴 새 없이 바쁘다
천을 박음질하고 매만져 옷가지들은
새롭게 태어난다
남편이 힘주어 다린 세탁물은 가벼워지고
누군가의 어깨에 날개를 달아준다

정원에 수국을 자라게 하는 여자
스팀 구름 품어내는 남자

하얀 간판에 붙은 화이트라는 이름
마을버스 오가는 길에 정이 살아간다

시샘 동인 **김 순 자**

시 낭송가
월요시 '시샘' 동인

시샘동인지에
제 시가 올라간다니
두렵기도 하고
기쁘기도 합니다.
같이 시를 쓰고 읽는 문우들과
오래오래 시를 즐기고
싶습니다.
다가오는 모든 날들도
시샘
넘치시길 바랍니다.

## 겨울바람

앙상한 나뭇가지에
하나 남은 잎 새
겨울바람 불면 막 내리네

바람은 어디서 와서
어디로 가는 걸까
빛도 모양도 없이

세찬 바람은
동장군 불러 세워

하얀 세상 선물한다
아쉬움 남기고 떠나는 가을
꿈 안고 다가오는 겨울, 바람

**침묵**

마당 가운데 줄지어
엎디운 빈 독들

간장을 담그던 독
쌀을 담그던 독
술을 담그던 독

지금은 속엣 것들 다 비우고
거꾸로 엎어져 있다

입 다문 채 서 있는 독
욕망 버리고도 배부른 독
옆자리 말 없는 나무

나뭇가지에 새들
덩달아 말이 없다

## 봄

봄은 끝자락 겨울 보듬고
다가오고 있다

입춘인데 눈도 많이 온다

쓸쓸한 나뭇가지
눈꽃 송이들

소곤소곤 나무에
새싹 돋는 소리
둥지를 고르는 새들

햇빛이 웃으며
나뭇가지 사이로 기웃거린다

어느덧 봄은 내 곁을 서성인다

## 돌

자갈들은 말이 없고
움직이지도 않는다

물결 속에 잠겨 있던
얼룩무늬 돌멩이와
하트 모양 돌멩이
몇 개 가지고 왔다

오이지와 짠 무 절이는데
꾹 눌러주어
맛을 내 준다

이젠 없어서는 안 될
식구 같은 자갈돌

## 새

차갑게 바람 덜컹거리고
사과나무 마른가지에 앉아
지쳐가고 있다

눈 내리는 풍경
마음 얼어버린 새 두 마리
서로 가까이
어깨동무하고 있다

나뭇가지와 쑥 잎에 기생하는
진드기 퇴치해
아기 참새 보호할 둥지 만들 곳
의논하고 있다

씨앗도 먹고
벼 이삭 필 땐 진액도 먹고
사과와 포도도 먹고

세상살이에 참 영리한 새
참.새.

## 함박눈 1월 6일

펄펄 춤추며 내려오는
함박눈,
단숨에 공원 덮는다

집과 나무들도 모두
아무도 모르게 덮는다
달콤하게 묻힌다

수북수북 쌓이는 함박눈
맞으며,
첫 눈 오면 만나는 친구들
걷고 또 걸었다

눈길 발자국 밟기로
함박웃음 되찾았다

## 몸살

한 번씩 찾아오는 겨울 손님
뼈마디와 근육 쑤셔대는 통증

온몸이 하는 말
가볍게 여기다
드러눕고 말았네

그냥 지나갔으면 했는데
심장은 걷잡을 수 없이 뛰고
머리는 송곳으로 찌르는 듯하네

말 안 듣는 가슴 안고
병원에서 주사 한 대 맞는다

다시는 몸살 나지 못하게

**새해**


어두운 새벽 공기 가르며
굽이굽이 팔각정에 도착하니
먼동이 트인다

새해 첫 일출이
끓어오르는 핏덩이로
바다 위를 떠오르고 있다

순식간에 태양이
공처럼 솟으니
사람들의 환호소리
저마다 소망에 부푸네

팔각정 새해 첫 날
첫 번째 떠오른 태양
나를 위해 빛나고 있다

# 책

봄빛이 깔리고 길가에
라일락 한창이네

그 향기 사방에 퍼졌을 때
동대문 책방에서

'우리는 왜 흐르는가'
문정희 시집

선물 받았다
시집 속에 고독시가 와 닿고
내 안에 시심 용솟음 치고

좋은 책에서는
그 사람의 향기가 나네

**겨울밤**


숫눈발 폭폭 쏟아 붓는
무척 추운 밤이었다

문밖엔
하얀 눈 함뿍 쓰고
모찌와 메밀묵 파는 아저씨

입김에 서린 눈썹 나풀거리며
불빛에 살포시 드러난 아저씨
뺨도 상기되는 밤이었다

땅 속 묻은 독에 배추김치
한 폭 꺼내 메밀묵 무쳐 주시던
어머니, 절절이 느껴지는 밤

이 겨울밤을 껴안고
눈 쌓인 거리 서성댄다

시샘 동인 **유 한 규**

숙명여자대학교 대학원 아동상담전공 박사
서울교대, 연세대, 전북대, 숙명여대 등 20년간 강의
현 빛나라 아동청소년상담센터 소장
현 대검찰청 아동성폭력전문검사 자문위원
시집 《분꽃은 네 시에 핀다》
월요시 '시샘' 동인

해가 서쪽 애기봉 하늘을 물들이거나
망월리 바다 속으로 가라앉을 무렵,
달이 떠오르는 모습 청둥오리 떼를 보면
문우들에게 사진을 찍어 보내거나
한 문장씩 보내다 보니
세월이 더욱 빨리 지나간다.
멍울거리며 올라오는 감주의 밥알 같은 말들을
채로 건져내다 보면
가라앉은 찌꺼기도 차츰 정갈해 지리라.

## 가랑잎

구십 육세 노모
세월에 밀려가듯

등 구부러진
가랑잎 하나
바람에 밀려
그래도
가랑가랑 소리 낸다

## 외갓집

살구 감 배 꽃피는
봄이면
엄만 외갓집
밤 호두 산수유 꽃
그립다 했네

뱃나들 나룻배
부용대 오가고
남산나들 사발묻이
여름 오면
하루 한 번 오는 버스
기차 번갈아 가은역
징검돌 다리 밑 가재
뒷 개울 송사리 까매

우리 집 감나무
쌔에록 쌔에록 쌔에록
외갓집 매미는
매암 매암 맴매아암

모개 창국이 아재비들
감 깎느라
시끌벅적할 무렵이면
서리 오면 따야 한다고
감 껍데기 손 놀려도
엄마 맘 저 백리
산수유

눈 내려
천득애비 앞마당 쓸어낼 때
점수애비 넓은 등 생각는다
옥이 오기 전 먹으라고
여린 손 채근하던
외할머니

## 그립다, 사랑

꼬끼오 낮닭 울고
나지막한 소나무 참새
매미소리 한 가닥 길어지는
햇빛 바알간 기운 덜어지는 아침나절

커피 한 잔 홀짝일 때
왜
할매 생각이 날까

여리디 여린 마음
거미줄 물방울 같던
눈물 맺힐 때
화알짝 핀 치마 올려
닦아주던

커피 내음 같은
고향
아릿한 아픔 같은 날

**아버지**


아버지는 강물이다
세월이 흐르고 흘러도
돌아오지 않으신다

**새해**

망월리의 아침은
산에서 온다
어제
석모도 앞 바다에서
헤어졌는데
깊은 암흑에서
일 년을 보내고
높이 솟아오른다
얼굴은 맑아
새악시처럼
기대로 부풀어 눈부시다
올해는
나지막한 자두나무 위
참새 같은 조촐함으로
먼 소 울음 닮은
성실함으로
바람 한 점 없는
섬과 섬 사이
물너울의 고요함
그리 살자는
외침 같은 햇살이
퍼져 오고 있다

## 작은 섬

살다가 외로우면
오라며
봉우리 하나
만들어 두었지

슬픔이 겨운 날
눈물 알아채지 못하게
푸른 눈물
가득 채워 놓았지

보고 싶은 이
생각나면
마음껏 가슴 채우게
사방으로 바람 창
틔워 놓았지

억울함 분연히
일어나는 날
지체 없이 오라며

갈매기 떼 풀어 두어
큰 섬 향해
소리 지르도록
부탁해 두었지

## 옥수수

숨 다하는 날까지
하늘 보고
물마시고
땡볕 집 지어
천둥 번개 견디면

작은 새
반가이 맞고
그만그만한 수수
구름 따라 흐르며
함께 흔들리다 보면

두려움 일어
잠 못 이루어
더러더러 검푸른 알
생채기로 수놓다 보면

알알이 영글어져
한 여름 살이 무성해지리라

# 삶

가시에 찔려
떨어지는
선혈보다 짙어

되돌아가도
가시 없는 길은 없을 것 같아
그냥 그대로 가자

장미꽃 밭
더러 만나면
만지지는 말자

콧속으로 풍겨오는
그윽한 향기만 맡으면 돼

호젓한 오르막길
찔레꽃에도
열매가 있으리

아주 작은 꽃
들여다보아
가시가 없거든
옆에 노래 부르며
쉬었다 가자

**메모**

곤한 잠자다가
설핏 본
달그림자

서쪽 방 깊숙이 들어와
내가 왔노라고

달아 달아

창 밖 높이 뜬
달빛을 적는다

찬바람에도
상하지 않고
미소 잃지 않은 너

달하 노피곰
도다샤
어긔야 머리곰
비치오시라

가파른 상황에
흔들리지 않은
맑은 얼굴

다만 새 날
알리려 왔구나

달아 달아

어긔야 어강됴리
아으 다롱디리

## 하늘나라

겨울이 시작되는 날
눈이 오려는 길목
혼인한 날
엊그제

사랑해도 맘 아파도
헤어져야 그래야
다시 만날 사람
남겨 두고

혼자 남겨질 외로움
떠나보내는 순간
별의 수만큼
아름다웠던
만남

부드러운 명주로
겹겹이 여미고
단아한 버선
흰 너울

너의 곁 떠나는 날
그 날 하늘나라
첫 발 들이네
겸허히

한 발 한 발 춤추듯

내디딜 때마다
정제되고 빛난
노래가

천사들 소곤거리는
영으로만 듣는
음악 흐르고

끝이 나지 않을 것 같은 꽃 길
어디서 보았을까
접혀져 있던 몸과 맘
언제 있었던 일일까

아~~~~~~~~~~

시샘 동인 **김 인 건**

아주 오래 전 부산에서 태어나 서울商大 經營學科를 졸업하고
대기업에서 40년 CFO로 産業現場에서 활동하다.
"수필문학"지 추천으로 登壇하여 수필 著作 생활 중이며
수필 동호회 "여울문학회" 회원이다.
이진 詩人이 지도하는 "가온도서관 詩 창작반"에서 詩作 修習
중이다.

언젠가는 나의 시를 써 보자는
바람이 있었습니다.
그리움이, 마음의 여로가
머리와 손을 통해 활자화되는 과정은
기나긴 배회의 터널을 지나
또 다른 나를 발견하는 시간이었으며
동시에 자신의 새로운 분신을
타인들에게 선보이는 두려움의 시간이었습니다.
고대그리스의 시인 시모니데스는
"그림은 말 없는 시이고 시는 말 하는 그림"
이라고 하였다고 합니다.
저의 말하는 그림을 조심스럽게
세상에 내어 놓아 봅니다.

## 외갓집

신작로 지나 수정교 건너
외갓집 가는 길
좁은 골목길 벗어나
모퉁이 돌면 외할매 반긴다

채송화 무궁화
봄빛에 반짝이고
누런 구렁이 꽃들을 희롱하면
큰방 앞 기둥시계 열두 점을
울린다

박하꽃 누님
툇마루 창가에서 손짓하면
맘 설레는

유년 시절의
수채화
희미한 안개 속에
피어난다

## 아버지의 흔들의자

정원의 맨드라미
따가운 초가을 햇살에
눈물겹게 붉다
먼 산을 바라보시며
무얼 생각하고 계시나

손자 손녀 재롱을 즐기시다
피로하셨나
의자의 리듬에 맞춰
스르르 눈 감으신다

하얀 백발 잔주름
햇살에 반사되어
가슴 시리다

지나온 생을 반추하시나
입가에 엷은 미소
좋은 일 궂은 일
파도 되어 흔들린다.

고향집 거실
아버지의 흔들의자
속삭인다

햇빛 드는 창가에
저를 놓아 주세요

눈 감으면 아버지가 꾸던 꿈
파노라마 되어 흘러갈 거예요

## 엄마 얼굴

할매는 반달
엄마는 초승달
내 송편은 돌주먹

삼촌 사촌 왁자지껄
차례상 삶은 계란
사촌 형  눈치 본다
음복주 정종 대포
싸~아

신작로의 구지뽑기
입안에서 노글노글
동무들과 화약총 놀이
보름달 밝으면 집으로

아침 추도예배
삼대 단촐하다
소고기 지짐 자리 차지한
등심구이
정종 대신 와인 한잔

옛 추석은
가고 없지만
한가위 마음 풍성하다
밤하늘 보름달

## 빗속의 소녀

한 걸음
또 한 걸음

두 가닥 갈래머리
하얀 블라우스
감청색 스커트
단화가 사뿐사뿐
무지개 물방울

그윽한 너의 미소
눈앞에 아른아른
노란색 우산
비속의 소녀

뒤돌아볼까
가슴 조이다

이대로 걷고 싶다

## 日常

서류더미 사이로
저녁 햇살 안개
하루를 닫을 시간
소주 한잔 땡긴다

해 질 무렵 빌딩
스산한 그림자
코트 깃 세우고
움츠린 사내들

한국은행 분수대
숨 멈추고
명동 입구 포장마차
가스등 아련하다

새장을 날아 나온
참새들
떼 지어
재잘거리고

소주 한 병
닭똥집 참새구이
돈 안 드는 안주
박 부장 씹어댄다

밤하늘 초승달
슬프고

겨울바람
살을 에인다

버스 타고 스무 정거장
내 집이 마중 하네
내일은
내일 일이 기다린다

## 아내의 거울

아내는 매일 화장을 합니다
두 손바닥만 한 거울을
받침대에 기대놓고
스킨  에센스 로션  차례대로
농부가 황폐한 밭에 물을 주듯
정성으로 얼굴에 바릅니다

거울에 비친  눈코 입술을
원예사가 꽃을 가꾸듯이
예쁘게 가다듬습니다

코로나로 외출은  할 수 없고
만나거나 봐 줄 사람 없는데
저렇게 정성을 들이는 이유를
저는 짐작할 수 있습니다
고달픈 생활의 주름을 보이기 싫어서죠

아내는 다이소 아웃렛에서
거울을 삽니다
타원 직사각 원형
다리 달린 것 받침대 있는 것
목재 플라스틱 철재
수많은 거울이 왔다 갔습니다

나는 아내에게
거울을 사주고 싶습니다
그미의 얼굴에서

세월을 지워줄
마음의 거울 말입니다

## 머무르고 싶다

창가에 서면
잿빛 겨울 하늘이
눈물 되어 흐릅니다

잔가지 내어준 나무 끝에
달랑거리는 단감 한 개
떠나기 싫어합니다

따가운 햇살에 더불어 익어가던
날들이 그립답니다

팬데믹 외톨이 되었던
하루하루마저도
소중한 날들이었습니다

사라지는 순간들은 추억이 되고
되돌아가보고 싶은 그때가 됩니다

세월은 장막을 내리려다
또 한 구비 돌아 해를 열어 갑니다
저 어귀 돌아들면 행복한 날들이
기다리고 있다고 속삭입니다

이번 해도 어김없이 밝은 새해를
구실 삼아 떠나려 하고 있습니다
매번 기다리다 놓쳐버린 지난날이
아쉽습니다

많이 걸어왔습니다
이제  너무 지쳐
영겁의 시간이  무섭습니다
그대로 머물려 합니다

아! 그래도 봄이  오는
새해가 기다려집니다

## 손길

생명으로 잉태되는 10개월
밝은 빛 눈부셔 울었나요
어디로 가야 하나 흔들릴 때
어머니 손길이 이끌어 주었죠

시끌벅적한 야간열차 10시간
처음 부딪치는 타향살이
나 홀로 가야 하는 길 두려울 때
선배 손길이 용기를 주었죠

평생을 헤쳐 온 조직생활
내 던져지는 냉엄함
홀로 서려 안간힘 할 때
옆에서 아내가 쓰다듬어주었죠

한겨울 몰아치는 한파
집안에 꽁꽁 웅크릴 때
손자 손녀들 손길이 따뜻한
봄소식 전하네요

세월 따라 찾아오는
바깥세상의 기대와 외로움
이기고 여기까지
따뜻한 손길들 도움이죠

이제부터 가야 하는 세상
영원과 나락이 기다리나요

거기에는 그분의 감사한 손길이
인도해 주시겠죠

## 변수와 상수

머플러에 장갑, 모자
갖춰 입기 힘들다
챙길 것들도
지갑, 휴대폰, 열쇠

나이 듦(X)과 번잡함(Y)
X는 Y의 변수일까?

문을 나서려는데
여보! 종이 쓰레기
아! 또
옷자락을 잡는다
새로운 변수 X2

당신의 부름
외출할 때
쓰레기 챙기기
내게 앵긴다

X2는 상수 a 가 되어야
번잡함이 덜 할 텐데
변수 X가 많을수록
Y는 더 힘들다

세월만큼 풀어본 X
이제 모두 a로 만들어야

하루가 편하다

## 메모는 역사다

봄날에   아지랑이 잡으려
잃어버린 날들을 헤메일 때
너는 나침판이 되겠다며
다가왔지만
아직 멀었어 나는 총총했으니

서류더미 태풍과 펜. 잉크가
파도 되어 몰아칠 때
나는 너를 갈망했고
시야 갈색 물들고 기억 아득해져
너의 소중함을 알았어

세월이 많이 흐른 후
이제 귀 시린 겨울
나를 지탱해 줄 난로가 되어줘

네가 쬐끄마한 그림 안에서
나의 지난날을 되살려 주면
너는 나의 역사가 되지

시샘 동인 **육 정 래**

1952년생
한국사진영상 5기 졸업
한국디지털 미술인 협회 회원
한국사진작가협회 회원. 그룹전 다수
월요시 '시샘' 동인

어느덧
일 년이 지났네요.
마음을 같이 하며
살아간다는
것 행복이지요.
행복으로 이끌어 주시는
모든 분들께 감사의 마음
가득입니다~

# 돌

사람 얼굴 다르듯
돌도 그렇다

쓰임새도 각양각색

주춧돌로 큰일 감당 하는가 하면

강가에서 물과 놀이만 하기도 한다.

산에서는 의자 되기도 하고

길가에선 나란히 앉아
지나가는 사람들 구경하기도 한다

이 저런 것 보고도 말이 없다.

묵묵히
아주 너그럽게 봐주는 것과
시련을 이겨내는 단단함을 배워야 할듯

## 강변에서

강 밖으로 밀려난 얼음
물이 쓰다듬는다

흰옷 입었던 돌들도 어느 사이
말끔하게 목욕을 했다

짝이 있는 오리
둘이서

짝을 못 만난 오리
무리지어서

아기오리
혼자서 물속 드나든다

갈매기는 바다가 그리운지
다 뒤로하고

휠~

휠~

나도 마음의 날개 펴고 새가 되어 날아본다

## 장난꾸러기

나무위의 꼬마 새
예쁘다며 올려다보고 있는데

장난꾸러기였나 보다

내 얼굴에 나뭇잎 떨어뜨리며 장난을 건다

나무열매 없는데 거기서 뭐하니

열매보다 더 맛난 벌레들이 있지요~

## 오리 걱정

얼어버린 한강물
출렁임을 멈추고
얌전이가 되었네

이곳에서 즐겁게
식사하던 오리들
오늘아침 어디서
식사해결 하는지

걱정되어 급하게
반포천에 가봤지
여기모여 모두들
아침식사 하는군

세어보고 또세고
백마리도 넘는다
물안개도 사르르
고마워라 반포천

## 무궁화

언제나 그 자리에 오면

무궁화 손 흔들어 인사 한다

빠른 속도의 차가 지나가면
크게 손 흔들어 인사하고

보통속도의 차가 지나가면
귀엽게 인사 한다

나 한 장 찍어주면 방긋 웃고

다른 각도에서 또 한 장 찍어달라고
반듯하게 서서 바라본다

## 매미

새벽부터 요란하게

출석을 알리던 매미들

오늘은 한 마리만이  출석을 알려왔다

자기만 두고 모두들 소풍을 떠났다고

서럽게 서럽게 울어댄다

**고무나무**

힘센 청년들이 바라본다

반짝이는 눈동자 씩씩한 몸매

따뜻한 거실에 들여주어 고맙다고

단체로 노래한다

겨울이면 가까워지는 우리사이

20년을 같이 하니 내 키보다 더 큰 아이들

사랑의 마음으로 한 잎 한 잎 얼굴을 닦아준다

## 산꽃

야생화를 찍으러 산에 올랐다

예쁜 꽃 발견

초점을 잡으려 하면

손사래를 친다

나 찍지 말아요

앙탈이다

모자도 날아가겠다고 겁을 준다

알았어 알았어

넌 안 찍을께

가방 다시 메고 돌아서는 발걸음

## 남은 아이들의 합창

두부 반모가 구이에 밀려 냉장고에 대기 중

냉장고에서도 유효기간 있으니

깍뚝썰기로 썰어놓고 찌개를 끓이기로 한다

생일상 차림에서 남겨진 아이들

팽이버섯 전, 풋고추무침, 낙지볶음의 야채들,
모두 넣고 물, 새우젓, 파, 마늘 넣으니

멋진 찌개가 한 냄비 만들어졌다

뽀글뽀글 맛도 색도 마음에 쏙 드는 아이들이

합창을 하고 있다

## 나팔꽃

우연히 빈 화분에서 너는 태어났어

다른 화초 보다 성장이 빠른 너

손을 내밀고 잡고 싶어 하늘하늘

막대를 꽂아주니 아이 좋아 돌돌

옆의 큰 고무나무 타고 쑥쑥

보라색 꽃을 만들어 기쁨을 안기곤 했지

아침에 피어나 점심때면 다섯 손가락 오므렸어

오늘도 기쁨이가 있는지 찾고 있는 나

어제는 다섯 송이가 합창을 하더니

오늘은 누런 잎들이 작별을 고하네

**월요시/동인지/시샘3호/2021.05**
**시샘**
2021년 5월 06일 초판 1쇄 인쇄
2021년 5월 10일 초판 1쇄 발행

지은이 : 이진 이옥주 김순자 유한규 김인건 육정래(무순)
펴낸이 : 시와만남
편집 : 유한규
표지 및 사진 : 유한규
교정 : 이진 이옥주 김순자 유한규 김인건 육정래(무순)
펴낸곳 : 유비컴

출판등록 : 202-15-66219
주    소 : 서울 중구 퇴계로 197번지 충무빌딩 별관 9102호
전    화 : 02-2263-4886
팩    스 : 02-2263-1135
이 메 일 : tobe1111@naver.com

© 이진 이옥주 유한규 김인건 김순자 육정래 2021
ISBN : 979-11-89501-15-0